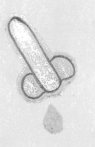

 eccì, ecciù, etciù
（意大利语）

hatsjie
（荷兰语）

apsoú
（希腊语）

atchim
（葡萄牙语）

atchoum
（法语）

hapsu
（土耳其语）

atju
（丹麦语）

attji, attjo
（瑞典语）

āti
（汉语）

aptshi
（俄语）

choo
（阿拉伯语）

地利] 海蒂·特尔帕克 文

地利] 蕾奥诺拉·莱特尔 图

亚玲 译 高湹梅 审校

病毒小子威利

一个感冒病毒的一生

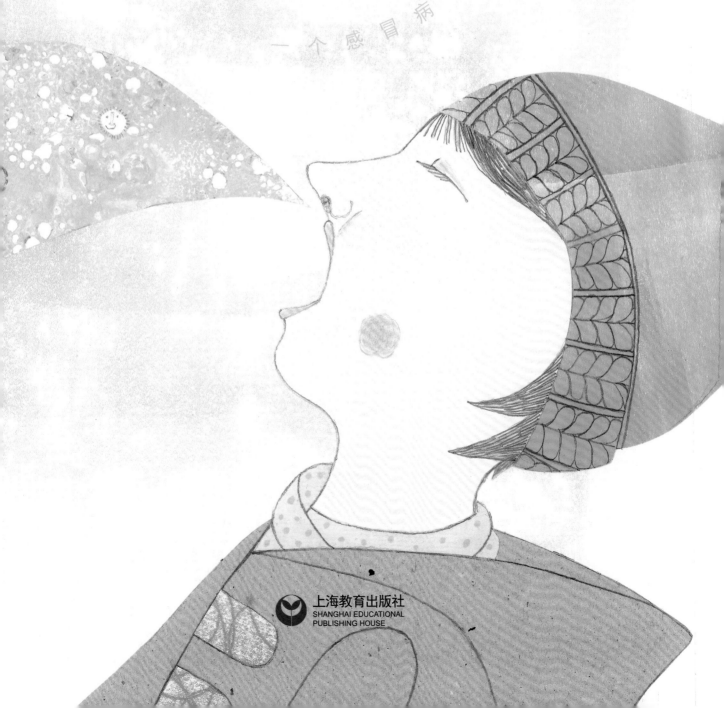

上海教育出版社

SHANGHAI EDUCATIONAL
PUBLISHING HOUSE

病毒小子威利
BINGDU XIAOZI WEILI

Willi Virus

© 2015 Tyrolia-Verlag, Innsbruck-Vienna
Chinese simplified translation copyright©2016 by Shanghai Educational Publishing House
ALL RIGHTS RESERVED

本书中文简体字翻译版由上海教育出版社出版

上海市版权局著作权合同登记号 图字09-2015-1152号

图书在版编目(CIP)数据

病毒小子威利 / （奥地利）海蒂·特尔帕克（Heidi Trpak）文；（奥地利）蕾奥诺拉·莱特尔（Leonora Leitl）图；
罗亚玲译. 一上海：上海教育出版社，2016.8
（星星草绘本·自然世界绘本）
ISBN 978-7-5444-7056-8
Ⅰ.①病… Ⅱ.①海…②蕾…③罗… Ⅲ.①儿童文学-图画故事-奥地利-现代 Ⅳ.①1521.85
中国版本图书馆CIP数据核字(2016)第170652号

自然世界绘本
病毒小子威利

作　者	[奥地利]海蒂·特尔帕克/文		邮　编	200031
	[奥地利]蕾奥诺拉·莱特尔/图		发　行	上海世纪出版股份有限公司发行中心
译　者	罗亚玲		印　刷	上海中华商务联合印刷有限公司
策　划	自然世界绘本编辑委员会		开　本	889×1194 1/16
责任编辑	时　莉		印　张	2.25
美术编辑	周　吉		版　次	2016年8月第1版
出版发行	上海世纪出版股份有限公司		印　次	2016年8月第1次印刷
	上海教育出版社		书　号	ISBN 978-7-5444-7056-8 / I · 0068
	易文网 www.ewen.co		定　价	28.00元
地　址	上海市永福路123号			

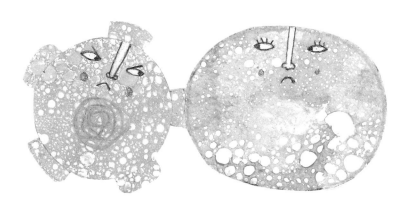

嗨，我是病毒小子威利！

你们一定认识我，我可是经常拜访你们的哦。我来的时候，总是会带上一份特别的礼物：一次严重的感冒。

我就是鼻病毒（Rhinovirus）——不，不是犀牛（Rhinozeros），而是感冒病毒。

补充1："鼻病毒"的德文是"Rhinovirus"，它是由一个希腊语的词头和一个拉丁语的词尾组成的。"Rhis"的意思是"鼻子" ["Rhinovirus"（鼻病毒）这个词的德文词头即由此而来]；"virus"的意思是"毒液""黏液"或"唾液"。

我小得让你没法相信。不止是小，而且是非常非常地微小。我虽然那么小，可在我这个点上，站得下5000个亲戚。

我的5000个
亲戚

你们人类发明了显微镜来观察我们，因为我们真的很奇妙。

补充2：**鼻病毒**（通过显微镜观察可见）属于**小核糖核酸病毒科**。这是目前已知的最小的病毒，只有几纳米（1纳米等于100万分之一毫米）。

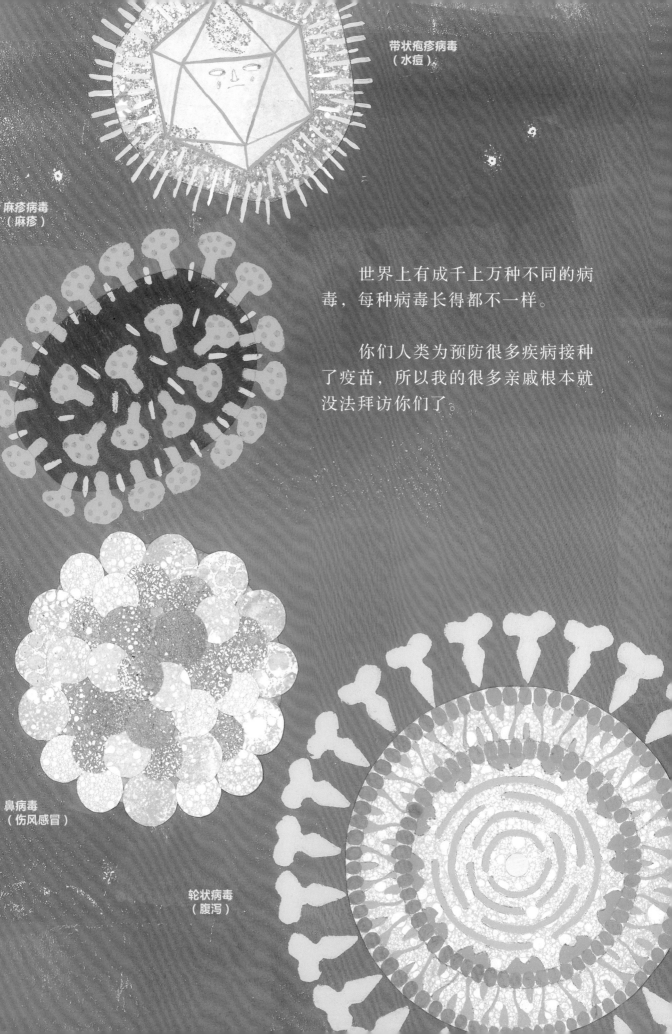

带状疱疹病毒
（水痘）

麻疹病毒
（麻疹）

世界上有成千上万种不同的病毒，每种病毒长得都不一样。

你们人类为预防很多疾病接种了疫苗，所以我的很多亲戚根本就没法拜访你们了。

鼻病毒
（伤风感冒）

轮状病毒
（腹泻）

风疹病毒
（风疹）

鼻病毒
（伤风感冒）

补充3：病毒只有一个外壳，在这个外壳里面，装着遗传信息，就像一个盒子，里面有一个信息便条。

丹娜颗粒
（乙肝）

威利
（伤风感冒）

鼻病毒
（伤风感冒）

流感病毒
（流感）

脊髓灰质炎病毒
（小儿麻痹症）

狂犬病病毒
（狂犬病）

150 千米/小时

据说我们病毒不是真正的生物，因为我们为了能够存活和繁殖，还需要"真正的"生物。"真正的"生物会款待我们，所以我们称它们为"寄主"。我们最喜欢找你们人类做"寄主"。

补充4：植物不会呼吸，也不会打喷嚏，所以植物病毒就会利用昆虫（比如蚜虫），从一株植物转移到另一株植物上。

我还非常喜欢旅行。当你们说话或咳嗽的时候，我能轻轻松松地飞出好几米，从一个人身上飞到另一个人身上。如果你们打喷嚏的话，我飞得就更快了，就像每小时150千米的飓风，"嗖"地从空中飞过。

我也喜欢从一只手上溜到另一只手上。怎么能让我快点到你们那里呢？我有几个特别的点子：

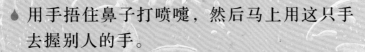

- 用手捂住鼻子打喷嚏，然后马上用这只手去握别人的手。
- 用手擤鼻涕，然后去拉门把手，再请别人把门关上。
- 按了电灯开关后马上挖鼻孔。

这样，我就会很快钻进另一个人的身体里。

补充5：从感染病毒到出现生病症状，需要一段时间，这段时间叫"潜伏期"。感冒的潜伏期只有12个小时。

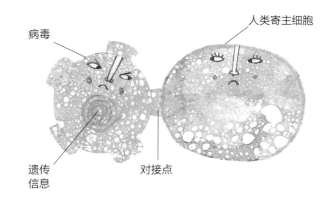

病毒

人类寄主细胞

遗传
信息

对接点

进入你们的身体后，我会在你们的鼻黏膜上找一个合适的细胞钻进去。这个细胞就成了我的寄主细胞。

鼻 黏 膜：

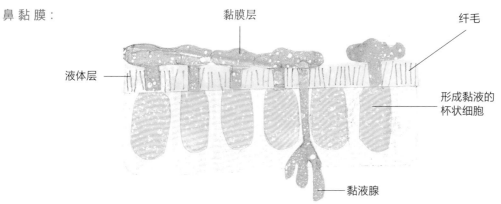

黏膜层

纤毛

液体层

形成黏液的
杯状细胞

黏液腺

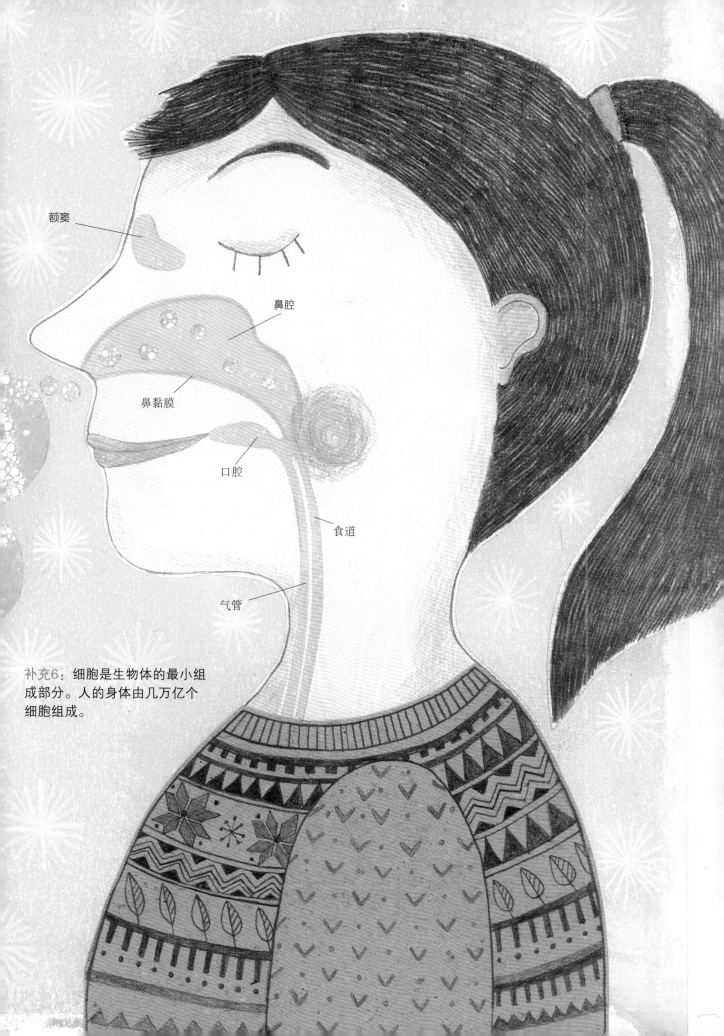

额窦

鼻腔

鼻黏膜

口腔

食道

气管

补充6：细胞是生物体的最小组
成部分。人的身体由几万亿个
细胞组成。

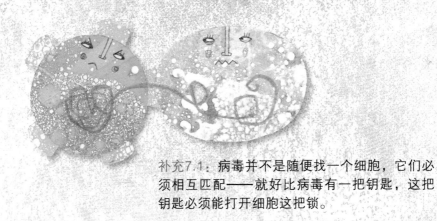

补充7.1：病毒并不是随便找一个细胞，它们必须相互匹配——就好比病毒有一把钥匙，这把钥匙必须能打开细胞这把锁。

然后，我把我的遗传物质注入这个寄主细胞，迫使它像复印机那样制造出许多新的感冒病毒。

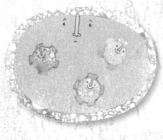

补充7.2：某些种类的病毒甚至能让它的寄主生产出多达10万个的新病毒。

这样，很快就有了很多很多新的
威利。这太有趣了！

　　接下来，你们对我们真的很不友好。我和我的孩子们还没开始过上舒适的日子，你们就想赶我们走了。

　　你们的身体会派出一支防御细胞部队，不管我们藏得有多深，这些防御细胞都能把我们找出来。一旦发现我们，它们就会派出增援部队——吞噬细胞。

　　这下我们就惨了，吞噬细胞会很快把我们吞掉。

补充8：人类的身体拥有一种记忆细胞，它们会"记住"体内正存在哪类病毒。当这类病毒再次发起进攻时，身体就会作出更加迅速的反应。但病毒也会很快变异，一次又一次骗过身体。

当你们擤鼻涕的时候，我只能放弃一些我们的病毒。要是你们不一直擦鼻涕的话，我们就能在你们身上呆久一点。

我也不喜欢你们吸热气，这样我会很热，就像蒸桑拿。我一点儿也不喜欢出汗，宁愿离开，去找别的"寄主"。

补充9.2：感冒的时候，为了排出病毒，人体会产生更多的水分。这样一来，鼻黏膜就会肿大。所以，感冒的时候除了流鼻涕，还经常会鼻塞。

补充 10.1：感冒是世界上最常见的传染病。"传染"的意思就是"感染"或"装进去"。传染病是由一个侵入体内的病原体引起的。

我们无

全世界任何角落都

处不在

们小核糖核酸病毒。

补充10.2：尽管感冒很普遍，但直到今天，我们还没有对付感冒的疫苗，因为感冒病毒的种类太多了，而且它们会很快变异。

我们

病毒

凯撒大帝

茜茜公主

猫王

喜欢你们

莫扎特

所有 的 人，

圣·尼古拉斯

无论
女人

水人
奥茲

维伦多夫的
维纳斯

还是
男人，

大鼻子
小英雄

无论 **小孩**

埃及艳后

威尼图

还是 **大人，**

匹诺曹

无论是 **赫赫有名，**
还是 **默默无闻。**

我们最喜欢在秋天和冬天拜访你们，因为寒冷的空气会使你们的鼻黏膜变干，你们的身体就不能迅速地防御我们了。

我们肯定又会马上见面的。

我 好 期 待!

再见!

你们的 威利

海蒂·特尔帕克（Heidi Trpak）

1973年出生于维也纳。幼儿教育家，行为教育家，儿童健康教练，并从事儿童早期音乐教育工作。2014年，凭借处女作《蚊子戈尔达——有关蚊子的百科全书》荣获德意志青少年儿童文学奖科普绘本大奖。

蕾奥诺拉·莱特尔（Leonora Leitl）

1974年出生。毕业于林茨的平面设计以及传播设计大师班。平面设计师，插画家，多年来专注于童书插画创作。

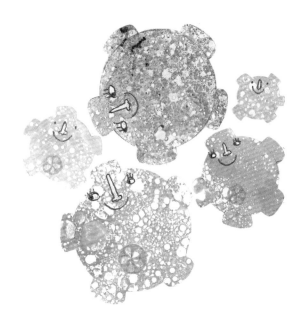

Prosit!
（瑞典语）

Na zdravlje!
（波斯尼亚语）

Nazdravlje!
（克罗地亚语）

¡Salud!, ¡Jesús!
（西班牙语）

Egészségedre!
（匈牙利语）

Terveydeksi!
（芬兰语）

Salute!
（意大利语）

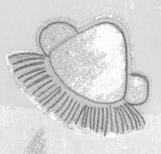

Na zdrowie!
（波兰语）

Bless you!, God bless you!
（英语）

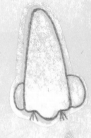

Sanon!
（世界语）

Noroc!
（罗马尼亚语）

Zdravíčko!
（捷克语）

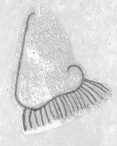